AF355793

Cabinet de M. ...

TABLEAUX ET DESSINS

Modernes

TABLEAUX ET DESSINS

Anciens

MARBRES

—

VENTE PAR SUITE DE DÉCÈS

HOTEL DROUOT, SALLE N° 8

Les Jeudi 7 et Vendredi 8 Décembre 1871

A DEUX HEURES ET DEMIE PRÉCISES

—

EXPOSITIONS

PARTICULIÈRE	PUBLIQUE
Le Mardi 5 Décembre 1871	Le Mercredi 6 Décembre 1871

DE UNE HEURE A CINQ HEURES

MM. COUTURIER ET MACIET, COMMISSAIRES-PRISEURS

M. FRANCIS PETIT, EXPERT.

—

PARIS — 1871

RENOU ET MAULDE

IMPRIMEURS DE LA COMPAGNIE DES COMMISSAIRES-PRISEURS

Rue de Rivoli 144.

CATALOGUE

DES

TABLEAUX ET DESSINS

De l'École moderne

TABLEAUX ET DESSINS

Des Écoles anciennes

ET

MARBRES

Composant le Cabinet de M. ***

DONT LA VENTE AURA LIEU

Par suite de décès

HOTEL DROUOT

SALLE N° 8

Les Jeudi 7 et Vendredi 8 Décembre 1871

A DEUX HEURES ET DEMIE PRÉCISES

Par le ministère de M* **COUTURIER**, Commissaire-Priseur,
rue Drouot, 21,

Et de M* **MACIET**, son confrère, rue de la Victoire, 75.

Assisté de **M. FRANCIS PETIT**, Expert, rue Saint-Georges, 7.

EXPOSITIONS

PARTICULIÈRE	**PUBLIQUE**
Le Mardi 5 Décembre 1871	Le Mercredi 6 Décembre 1871

DE UNE HEURE A CINQ HEURES

PARIS — 1871

CONDITIONS DE LA VENTE

———

Elle sera faite au comptant.

Les Acquéreurs paieront CINQ POUR CENT en sus du prix
d'adjudication.

———

ORDRE DES VACATIONS

———

PREMIÈRE VACATION : *Jeudi 7 Décembre*

Les Tableaux et Dessins modernes, les Tableaux anciens
et les Marbres.

DEUXIÈME VACATION : *Vendredi 8 Décembre*

La collection de Dessins anciens cataloguée sous le
numéro 38.

———

TABLEAUX DE L'ÉCOLE MODERNE

ROSA BONHEUR

1 — Troupeau de moutons au repos dans la campagne.

> La plupart des animaux sont couchés au soleil dans la prairie. Au premier plan, un bélier debout; à gauche, deux moutons broutent à l'ombre d'une éminence; puis au centre, un autre mouton à tête noire. La campagne est boisée à l'horizon.
>
> Ce tableau capital, exposé au Salon de 1848, a été lithographié par Soulange Tessier.
>
> Daté 1848. — H. 96 c. L. 1 m. 29 c.

DELACROIX (Eugène)

2 — Épisode de la guerre entre les Turcs et les Grecs.

> Un cavalier grec s'élance au combat, son cheval passe au galop sur le corps d'un soldat mort, étendu à terre; plus loin, un autre soldat fait feu, s'abritant derrière son cheval blessé.
>
> On aperçoit à l'horizon un fort bâti sur le versant d'une montagne.
>
> Daté 185 6. — H. 65 c. L. 80 c.

Le Delacroix provient, je crois, de la galerie Khalil-Bey; c'est un guerrier grec à cheval, épisode de la guerre contre les Turcs: le cheval s'élance, les muscles tendus, le feu dans les naseaux, l'éclair dans les yeux, au milieu de la fumée de la fusillade; le cavalier est furieux et rutilant : 21,000 francs.

DORCY

3 — Tête de jeune fille.

Costume de paysanne, un fichu bleu au cou.

H. 46 c. L. 37 c.

DORCY

4 — Tête de jeune fille.

Elle est vue de trois-quarts, les épaules couvertes d'un voile rose.

H. 46 c. L. 37 c.

DORCY

5 — Tête de jeune fille.

Elle est blonde; à demi couchée, la poitrine découverte, une gaze blanche sur les épaules.

H. 46 c. L. 37 c.

DORCY

6 — Tête de jeune fille.

Un ruban bleu dans les cheveux, un fichu noué autour du cou, une rose au corsage.

H. 40 c. L. 31 c.

C. DE HAES

7 — Paysage boisé, animé par des chèvres, des moutons
et des figures.

Daté Madrid 1857. — H. 53 c. L. 72 c.

M.-A. KOEKKOEK

8 — Paysage accidenté de collines boisées et orné de
figures.

H. 29 c. L. 36 c.

LANDELLE

9 — Jeune fille italienne buvant à un puits.

H. 24 c. L. 19 c.

LEYS

10 — Intérieur de la maison d'un peintre hollandais.

L'artiste, vêtu de noir, est assis sur un banc ; il tient un
livre sur ses genoux; sa femme est debout près de lui, s'occu-
pant d'un ouvrage à l'aiguille ; sa petite fille s'apprête à sauter
à la corde.

Au second plan, un gentilhomme, la canne à la main, et le
chapeau à plume sur la tête, cause avec une femme qui tient
un petit enfant dans les bras; au fond, une servante ouvre la
porte à un marchand de poisson qui paraît sur le seuil.

L'intérieur, qui semble être le vestibule de la maison, est
orné de tableaux et d'une foule d'autres objets accrochés au
mur ou sur des dressoirs. A terre, sont des toiles peintes, des
portefeuilles, des livres et des instruments de musique.

Ce tableau, d'une superbe qualité, est daté 1848.

H. 75 c. L. 90 c.

NASMYTH (PATRICK)

700.

11 — Paysage ; vue prise en Écosse.

H. 45 c. L. 60 c.

TROYON

20.700.

Rothschild.

12 — Le Chemin du marché.

La route, boisée de chaque côté, est animée par un grand nombre de bestiaux ; à gauche, un troupeau de moutons conduit par un jeune garçon et un chien ; à droite, des bœufs, des vaches et un paysan monté sur un petit cheval gris. Le ciel est couvert de nuages.

H. 72 c. L. 92 c.

TROYON

8.500.

13 — Chèvres et Roses trémières.

Deux chèvres, l'une brune et l'autre blanche, broutent dans un buisson de roses trémières sur le bord d'un chemin.

H. 91 c. L. 73 c.

PETTENKOFEN

5.700.

14 — Marché hongrois.

Une grande place de village est couverte de voitures, de chariots, de chevaux et animaux, et animé d'un grand nombre de figures.

H. 20 c. L. 38 c.

TISSOT

15 — Marguerite à l'église.

> Marguerite est agenouillée sur les dalles, dans un angle de l'église, tout près d'une porte; absorbée dans une douleur profonde, son livre de prières est tombé de sa main.
> L'église est richement ornée de peintures et de sculptures ; d'autres figures sont en prière devant l'autel.

Daté 1860. — H. 68 c. L. 92 c.

OTTO WEBER

16 — Scène écossaise.

> Des bœufs, conduits par un paysan écossais, attendent sur la berge le bac dans lequel ils doivent s'embarquer pour traverser la rivière.
> Le Paysage, très-pittoresque, est vivement éclairé par le soleil.

H. 51 c. L. 98 c.

LANDSEER (Attribué à)

17 — Après la chasse.

> Quatre chiens dans une salle basse où sont déposés du gibier et divers ustensiles de chasse.

Forme ronde. — 55 c. de diamètre.

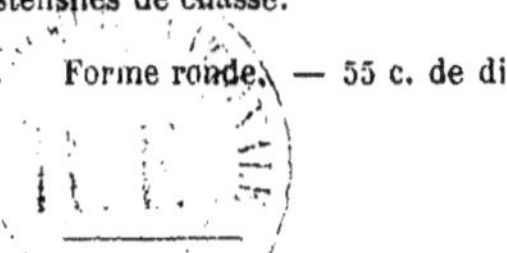

DESSINS DE L'ÉCOLE MODERNE

DECAMPS

18 — Jésus et les Docteurs.

Jésus enfant est debout, la main appuyée sur un livre, il discourt et les Docteurs l'écoutent étonnés; les uns sont assis, les autres debout au milieu du Temple.

Magnifique aquarelle.

H. 36 c. L. 45 c.

DECAMPS

19 — Les petits Nautonniers.

Un petit garçon et une petite fille soufflent chacun de leur côté sur la voile d'un petit bateau qu'ils ont placé au milieu d'une auge de pierre remplie d'eau.

Un troisième enfant, vêtu seulement d'une chemise et d'un bonnet, les regarde en tenant un petit chien dans son bras.

Un chapeau de paille rempli de fleurs, un petit chariot d'enfant sont à terre sur le premier plan.

Aquarelle importante. Daté 1837.

H. 37 c. L. 46 c.

DECAMPS

20 — Femme grecque et son enfant.

Une jeune femme, dans un costume très-pittoresque, et tenant
un tout petit enfant dans ses bras, monte les marches qui con-
duisent à la porte de sa maison; une petite fille la suit tenant
une orange à la main.

Grand et beau dessin rehaussé. Daté 1843.

H. 60 c. L. 45 c.

POLLET

21 — Concert champêtre. d'après Giorgione.

Dessin au crayon.

H. 28 c. L. 35 c.

VIDAL

22 — Mariette.

Dessin rehaussé.

Forme ovale. — H. 40 c. L. 30 c.

23 — Olympia.

Dessin rehaussé.

Forme ovale. — H. 40 c. L. 30 c.

LECLERC DES GOBELINS (Attribué à)

24 — Diane découvrant la grossesse de Calysto.

25 — Nymphe au bain.

Deux grandes miniatures signées.

H. 34 c. L. 27 c.

TABLEAUX ANCIENS

Ces Tableaux provenant presque tous de la grande collection Weyer,
architecte à Cologne, vendue en 1862, nous avons conservé à chacun des
Tableaux la notice du catalogue de cette collection.

CRANAH (Lucas)

26 — Jésus et Jean enfant.

> Ils se tiennent embrassés, et sont assis sur un lit à balda-
> quin. Le Saint-Esprit vole au-dessus de leur tête.
> (Vente Weyer, de Cologne, n° 57).

> H. 41 c. L. 33 c.

DENNER (Balthazar)

27 — Portrait d'une princesse de Mecklembourg.

> Elle est représentée à mi-corps, tenant une fleur à la main.
> (Vente Weyer, de Cologne, n° 564).

> H. 47 c. L. 38 c.

VAN EYCK (MARGUERITE)

28 — Petit Autel à trois compartiments.

.Au milieu, la Vierge, avec l'Enfant Jésus, assise sur un trône et entourée d'anges. Sur un des côtés, saint Jean l'évangéliste; sur l'autre, le Donateur en prière. Les armes indiquent que cet ouvrage a été fait pour la famille Von-Imhof.

Grand panneau, forme cintrée. — H. 36 c. L. 22 c.

Petits panneaux. — H. 31 c. L. 10 c.

(Vente Weyer, de Cologne, nᵒ 228).

VAN EYCK JEAN (École de)

29 — La Vierge Marie, tenant l'Enfant Jésus endormi sur son sein.

(Vente Weyer, de Cologne, nᵒ 211).

H. 22 c. L. 19 c.

LUCAS DE LEYDEN

30 — L'Adoration des Mages.

Composition d'une vingtaine de figures.

(Vente Weyer, de Cologne, nᵒ 192).

H. 25 c. L. 30 c.

MEMLING (Jean)

31 — Petit Autel portatif à trois compartiments.

Dans le panneau du milieu, la Vierge, tenant l'Enfant Jésus feuillette un livre. Dans les compartiments de droite et de gauche, des anges faisant de la musique.

(Vente Weyer, de Cologne, n° 238).

Grand panneau. — H. 25 c. L. 19 c.

Petit panneau. — H. 27 c. L. 8 c.

ROGIER DE BRUGES

32 — Un Autel portatif.

Il est composé de trois compartiments dont deux à double face, l'encadrement est de forme gothique.
Au milieu, l'Adoration des Mages. Composition importante.

H. 56 c. L. 52 c.

A gauche, l'Adoration des Bergers, et, à droite, la Circoncision.
A l'extérieur, le Donataire avec saint André, et la Donatrice avec saint Jean.
(Collection Weyer, de Cologne).

H. 56 c. L. 22 c.

PELLEGRINI (Antoine)

33 — Les trois Grâces.

(Vente Weyer, de Cologne, n° 334.)

H. 35 c. L. 27 c.

LE CORRÈGE (D'après)

34 — La Vierge avec l'Enfant Jésus.

(Vente Weyer, de Cologne, n. 319).

H. 20 c. L. 15 c.

ÉCOLE ITALIENNE

35 — Saint Jean écrivant l'Apocalypse.

H. 1 m. 83 c. L. 1 m. 26 c.

HONDEKOETER (Attribué à)

36 — Animaux de basse-cour

Un coq défend une poule et ses poussins de l'approche d'un canard.

Fond de paysage avec des oiseaux.

H. 88 c. L. 80 c.

WOUWERMAN (D'après)

37 — Marché aux chevaux à l'entrée d'un village.

H. 52 c. L. 65 c.

DESSINS ANCIENS

38 — Cent cinquante Dessins des Écoles flamande, hollandaise, allemande, italienne, etc.

Cette collection de dessins sera divisée, et formera la vacation du vendredi 8 décembre.

MARBRES

39 — **Figure de Vénus.**

Elle tient à la main des flèches qu'elle serre contre son sein.

Hauteur, 1 m.

40 — **Baigneuse.**

Sortant de l'eau, elle relève ses cheveux, et se couvre d'une draperie.

Hauteur, 1 m.

41 — **L'Amitié; groupe de deux figures.**

Hauteur, 67 c.

42 — **Groupe de deux enfants.**

Hauteur, 33 c.

43 — **Groupe de trois enfants : Faunes et Bacchants jouant avec un tigre.**

Hauteur, 33 c.

44 — **Groupe de deux Amours se disputant un cœur.**

Hauteur, 40 c.

45 — Pendule de l'époque de Louis XVI, composée d'un
groupe en marbre blanc, représentant Vénus à
demi-couchée, recevant une couronne de roses
que lui offre l'Amour.

Le socle est orné d'un bas-relief et d'ornements
courants en bronze doré.

H. 60 c. L. de la base, 57 c.

46 — Vasque en marbre blanc, ornée de rinceaux, têtes
de faunes et de nymphes, avec anses tordues à
pied rond cannelé.

Montée sur un piédestal carré, en marbre blanc
veiné, 'a face ornée d'une couronne de lierre et
de ruban flottant.

Hauteur totale, 1 m. 70 c.

47 — Deux Socles de forme triangulaire, de l'époque de
l'Empire, en marbre gris et blanc, ornés de
figures, abeilles, griffons, têtes de lions et ornements en bronze doré.

Hauteur, 60 c.

48 — Piédestal élevé, de forme ovale, en beau marbre
blanc veiné, orné de moulures.

Hauteur, 87 c.

RENOU ET MAULDE, imprimeurs de la Compagnie des Commissaires-Priseurs,
rue de Rivoli, 144.   13714